氷湖いま

鈴木総史句集

HYOKO IMA
Suzuki Soushi

ふらんす堂

序

鈴木総史第一句集『氷湖いま』は次の句によって幕を開ける。

氷湖いま雪のさざなみ立ちにけり

「氷湖」と「雪」、二つの季語が同居している作品であるが、この句は北国の厳しい自然をみごとに描き得ているといって過言ではない。結氷し、静まり返った湖面にまた新たな雪が降り積もる。その時、どこからか吹いてきた風が繊細な波をかたちづくる。その瞬間を総史は逃さず一句にした。

こういった作品は、その場にいさえすれば可能であろうと思われる向きもあるかもしれない。しかし、この句は客人としてのまなざしと、その地に根差した生活者としての視点の融合から生まれたものであった。

同じ句に続くものとして、〈地吹雪のなか詩にならず死にきれず〉がある。措辞としての「詩」と「死」に若さならではの甘さを読者は見出すかもしれない。しかしながら、東京育ちの著者が就職後に暮している北海道でもともと生まれ育った私にとり、この句は深い感慨をもって迫る。吹雪は吹雪として、もちろんつらく厳しいものである。しかし、「地吹雪」はさらに上をゆく。なぜこのような目に遭うのだろうと自問自答しつつ、北に住む人は「ここで倒れたらおそらく死ぬのだろうな」と思いつつ歩を進める（息ができないので）。この瞬間、詩がどうの死がどうのだの一切考えず、生きることだけを目指す、だからこそこの作品が成立したのだ。この句は青春のしっぽを残している甘い境遇とは無縁である。

ここで、総史君（あえて総史君と呼びたい）との出会いについて少し述べたい。立教出身の彼は「群青」に所属しながらも、俳句に熱心な印象は少なかった。今思えば「群青」は開成学園出身者が多く、そのぶん、彼は少なからぬ違和感をおぼえていたのかもしれない。しかし、ある年、数名の有志で沖縄に行った時、共同代表である佐藤郁良と私とで、どうも説教したらしいのである。「らしい」というのは、南の島ならではのゆるやかな時間がそこにあり、案外淡い記憶しかないため。その中で（場違いな）説諭に近いことを述べたということは、せっかくの、まだ見えてはこない総史君の才能を惜しいと思っていたからだろうか。

沖縄での一夜の後、総史俳句は少しずつ前へ進んでゆく。次に挙げる作品群がその代表といえるかもしれない。

さざなみは船に届かずヵーディガン

灯を点けて塔の全貌夜鳴蕎麦

メロン食ふたちまち湖を作りつつ

生きるにはふるさとを欲り夏蜜柑

どの句も控えめながら見どころがある。「カーディガン」「夜鳴蕎麦」「メロン」「夏蜜柑」といった、料理のしようによってプラスにもマイナスにもなり得る（ある種危険な）季語の存在感がみごとである。

ただ、学生時代の鈴木総史は、若い人の受賞ラッシュに沸く「群青」にあって、相当つらい部分があったのではないかと思えてならない。しばらく、いろいろな新人賞を「群青」の若手が占めていた時があった。中には高校時代から頭角をあらわし、高校在学中、あるいは大学在学中にさっさと受賞してしまう子もいた。そういった中で、一種の外様だった総史の心境はどうだったのだろう。

総史が就職を迎え、最初の赴任先が北海道の旭川だと知った時、私は思わず天を仰いだ。旭川在住のかたには申し訳ないが、かの地は道内出身者も尻込みするような土地である。すなわち、夏は道内とは思えぬ暑さ、冬は道内でも屈指の寒さ。シティーボーイの彼が生きてゆけるかどうか危ぶんだが、今はそれがかえって、作品の熟成にプラスになったように思える。

林檎狩脚立にすこし海の香

わたつみの光なら欲し葡萄棚

私がボランティアとして十五年来続けている蝦夷句会の葡萄狩（林檎狩、梨狩でもある）での句。わが郷里の北海道余市は他の果物の産地とはいささか異なり、町中に潮の香が漂っているような地である。生食の果実の他に、ワイン用の葡萄の生産が盛んで、その一方、海岸には昔ながらの漁師町があるという、いささか特殊な町なのだ。そこに、北海道に赴任して間もない鈴木総史が旭川からはるばる参加してくれた。以後、彼の句は北の地に根をおろそうと決意した者ならではの深い味わいを生むようになったと思う。

沸き立ってこその鍋焼饂飩かな

輪郭のぼやけてきたる氷菓かな

烏賊干してただあり余る烏賊の足

長き刃をいよいよ受くる鮪かな

こういった、いわゆる一物仕立て、どこの地に置いても成立する作品の普遍性も捨てがたい。しかし、やはり、北の地に軸足を置いている句こそ、今の総史を華やかに彩っているのではないか。

贅沢なひかり流氷船のなか
ためらはず踏め樏《かんじき》の一歩目は
街の灯のゆらいで初雪と気づく
起き抜けを地震とも思ふ吹雪かな
牛舎より空港見えて霜くすべ
別《べつ》といふ地名教はる花見かな
とんばうや蝦夷にあをぞらあり余る
どぶろくの瓶の吹雪を飲み干しぬ
根雪解けはじめて花肆の灯がぬらり

かつての俳人、もしくはある程度年齢を重ねた俳人にとっての十年は短いかもしれない。しかし、平成からすでに令和に至った今、さらには空白にも似たコロナ禍を経た今、若い人の数年、もしくは十年は、年老いた者の数倍かと思う。そういった中で、極寒の地において自作をゆっくりはぐくんできた総史にあらためてエールを送りたい。その作句態度は一種の開き直りだったかもしれないし、全てを一からやり直す覚悟の上での再構築であったかもしれないが。

氷と雪に閉ざされた蝦夷地での歳月が、かえって総史俳句を開花させた。ずいぶん前の角川俳句賞においては、「風土俳句」が有利とされてきたが、近年は都市における作品が主流を占め、どこで詠まれた句でも通用するものが多くなっている。そういった風潮の中、『氷湖いま』は異彩を放つだろう。すなわち、地方に立脚するのみの風土詠ではなく、かといってのっぺりとした都市風景でもなく――誤解をおそれずにいえば、「洗練された風土詠」ということになる。

本州との気候風土の違いゆえか、北海道をメインの舞台とする句集は今まであまり顧みられることはなかった。著者の鈴木総史のルーツの一つに愛媛県があり、それはそれで（俳句関連としては）納得がいく。しかし、作品の舞台を蝦夷地に堂々と据えた例はいまだかつてなかった。

この句集刊行前に、総史は三百句提出による北海道新聞俳句賞を得た。同時に、未発表句による星野立子新人賞も得た。一緒に喜びつつも、現代でのたかだか数年が何十年にも感じられたであろう鈴木総史の若さゆえの悲しみも実感している。すなわち、同期から少し遅れてきた青年として。

しかし――北海道に渡る前の混沌とした苦しみを経て、極北の地に身も心も据えた著者の覚悟がこの句集からは滲み出ている。おそらく、東京に在住したままでは得られなかったであろう氷と雪の地ゆえの実りが『氷湖いま』にある。

今後、さまざまな場面で「自分は一人だ」と感じることが多いかもしれないが、けっしてそうではないことを知ってほしい。私はわがままな句作りが災いして、たくさんのかたがたからお叱りを受けた。しかし、必ず、絶対的な味方を得た。それがたった一人だったとしても。

俳句の道をゆっくり歩んでほしい。今はまだ、多くの批判やお叱りの中にさらされているさなかかもしれないが、必ず誰かが見ていてくれる。私は、他の多くのかたがたとえ総史を見捨てたとしても、その地上の最後の味方として堂々と存在していたい。それこそが、「群青」の代表としての誇りであり、存在理由でもある。

この句集が全てではなく、単なる始まりでもない。いずれ誰かがあなたの名を口々に叫ぶ日がくるのだから。

師走のある晴れた日に

櫂　未知子

氷湖いま／目次

句集

氷湖いま

鈴木総史

一章　火に飢えて

氷湖いま雪のさざなみ立ちにけり

地吹雪のなか詩にならず死にきれず

加湿器がみづ吐き終へる夜明けかな

愛だ恋だあかがりの手が皿を拭き

日脚伸ぶ牛舎に牛の見え隠れ

ひさかたの雨を抱きたる梅の花

缶に酒わづかにのこる梅見かな

沖といふ海の死にぎは春の風邪

根雪解けはじめて花肆の灯がぬらり

ほほざしや宅配便が夜を来る

網走　三句

流氷のうへ先生は火に飢ゑて

贅沢なひかり流氷船のなか

雪解やまどかに人形の痩せて

立子忌の咲いて名前も知らぬ花

聞き分けの良すぎる壺焼でありぬ

花冷や流れぬものに堀のみづ

雨音は雨におくれてリラの花

花見酒一気にひらく二枚貝

桜蘂降るや未完の海ばかり

修司忌の傘をひらかぬほどの雨

すこしつめたき五月の石を対岸へ

更衣最後に長靴を買つて

母の日の雨ならば肩濡れて良し

薔薇咲くや抜歯のあとのあをぞらを

亀の子の背にさびしらの星の柄

蜻蛉生る風のとどかぬ池の底

鉄棒をまづしき揚羽蝶くぐる

音もなく蟻の巣は蟻吐き出して

夏の風邪あらゆる扉やや重く

誰も褒めてくれぬあかるさ誘蛾灯

玫瑰がさざなみを操つてをり

みそ汁に開かぬ貝もある晩夏

盆帰省あらゆる図鑑売りにゆく

灯台に風の自在や実玫瑰

鮭のぼる故郷の川をうたがはず

草雲雀沖は煙雨をかがやかせ

金風や小豆畑が地平まで

安き傘ばかり死にゆく野分かな

花札に星なきことを吾亦紅

どぶろくの瓶の吹雪を飲み干しぬ

余市　四句（二〇二二）

混み合へる秋果の園に地図はなし

林檎狩脚立にすこし海の香

聖域と呼びたき高さ林檎熟る

卓を褒めあをぞらを褒め林檎園

水澄むや山《やま》岨《そは》に風ゆきどまる

日本酒を買ひ足しにゆく霜夜かな

街の灯のゆらいで初雪と気づく

炉話や雪の名前の酒を飲み

国歌あかるしスケート場に風吹かず

関節を漂はせたる柚子湯かな

衣装よりまぶしき埃聖夜劇

正月小袖揃つて餃子包みけり

微熱からはじまる病草城忌

手袋の取りおとしたる切符かな

かがやきの足らぬ蜜柑がどつと来る

二章　ぬるき葡萄

海松色の池も建国記念の日

役牛の一歩に似たる絵踏かな

亀鳴くやすべての本はのどを持ち

塔を組む重機つめたし猫の恋

ぱらぱらと風あそびだす野焼かな

返信はなし壺焼を待つあひだ

まぶしくてうらやましくて風車

みづうみへわづかに襲ふ雪崩かな

とつぜんの雪を愛してリラの花

別《べつ》といふ地名教はる花見かな

はつ夏や手首をあをき血のながれ

家系図に花の名いくつこどもの日

烏賊切つて置きどころなき手となりぬ

粽解く十指を湯気にかがやかせ

血の記憶ありさうな子子ばかり

毛虫這ふ木々の名前を知らずして

首すぢをてんたうむしに奪はる

母指球に砂の熱さや水遊

翡翠のさざなみに触れ月に触れ
贅沢な夜を欲しがる誘蛾灯

海沿ひの屋根のあかるし女郎花

売り切つて本棚かろし菊膾

ハンガーに人のぬけがら貝割菜

とんばうや蝦夷にあをぞらあり余る

野紺菊まづしき風のゆきわたる

余市　三句（二〇二一）

海風やぬるき葡萄をかがみつつ

なんとなく孤独が欲しい葡萄狩

火恋し鄙から鄙へむかふバス

会ふために夜露の自転車をまたぐ

みづうみに輪郭のある初氷

衰へてよりおそろしき夕焚火

ワイパーの拭ひきれない霜の花

都会騒がし鳥のこゑ火事のこゑ

しののめや凍てつきやすき場所に橋

料亭に時計すくなし白障子

鋤焼やどんどんつかふ生卵

背広にも晩年のあり漱石忌

柚子風呂に柚子の疲れてしまひけり

短日の家まで着かぬバスばかり

はなびらのかたちに剝けて蜜柑の黄

終電の手すりつめたき聖夜かな

人日やケバブは回りつつ痩せて

常闇の湖しか知らぬ氷下魚かな

山は翳をくきやかに生み青写真

老ゆるとふ美しさあり尾白鷲

積雪や音奪はるる靴ばかり

白鳥のあかるさに湖暮れきらず

起き抜けを地震とも思ふ吹雪かな

三章　夏痩の指

針はづすとき公魚のかがよひぬ

雁供養沖は紅茶のごとく揺れ

苗札やまぼろしの蝶ならば追ふ

網走　四句

ひとときの闇欲しくなる流氷船

流氷のはたてを知らぬ鳥いくつ

残雪や監獄に馬太らせて

濡れてより長屋のにほふ雪解かな

こゑもなく散らかつてゆく牧開

牛舎より空港見えて霜くすべ

花冷や猫からまつて箱の中

薬飲むみづのまばゆし風信子

はつなつの傷いきいきと脚にあり

切つてより髪のさやけき麦畑

セル着れば羽欲しくなるからだかな

短夜や川はしづかにみづを増し

みづうみは櫂を拒まずえごの花

夫婦滝越えてはるかな蒸留所

えぞにうや錆びし農具が畑の端

しまえびを剝く夏痩の指うつくし

冷奴に醬油とどかぬ角ありけり

余市　三句（二〇一九）

邯鄲や靴惜しみなくよごしたる

背のすこし足らぬところを梨熟れる

わたつみの光なら欲し葡萄棚

なにもかも省略されて秋の浜

かりがねの一直線に暮れにけり

虫籠へ入れて鳴くもの鳴かぬもの

無患子や湖のあぶくのいつか消え

かがよはぬ星のありけり唐辛子

みづを飲む胸板薄し冬館

枯れてをる白樺に湖ひかりけり

あらかたの看板あはき氷湖かな

流るればみづ凍てつかず尾白鷲

凍港や漁船はうるはしく干されり

近景の白盗みあふ鵠《くぐひ》かな

ためらはず踏め檈《かんじき》の一歩目は

東京の屋根はなだらか寒鴉

風呂吹の湯気のきららやすぐ冷める

四章　楽譜

あたら夜の星のひかりを斑雪
鳥の恋湖のあをさに眩暈して

ひとしづくほどにひひなの灯をともす

出水《いづみ》　二句

しろがねの羽音ありけり鶴帰る

うつくしき嘴にかひろぐ春田かな

桜島

残雪も吐き出す火山かと思ふ

錦江湾

春闌くや湾も黒酢もきらめいて

菜の花のあざあざ濡れてゆく町よ

野遊の子は花の名で呼ばれけり

笹粽腕より長き紐を持ち

夏服や海は楽譜のやうに荒れ

無駄のなきあをぞらであり百日紅

いつまでも売地でありぬ額の花

離るれば都心まばゆし栗の花

紫陽花や描けばカンバスは雨に
みづうみは漣を欲り蚊喰鳥

傘きらめく青柿に手を差しだせば
鬼灯市いづれも母の背にみえて

点眼や蚊が刺しにくる耳の裏

灯籠のための昏さの海なりけり

盆荒や番屋は鳥に愛されて

さやけくて母を起こしにゆくところ

純白になりきれぬ砂休暇明

蟷螂やかがめば雨の音うつくし

外房の波音低き野分かな

かりがねや雨傘きつく畳みなほす

煩雑に帆のたちあがる文化の日

星は空傷つけるごと冬支度

鎖が匂ふ十一月の公園は

綿虫や風のゆくへを知り尽くし

北塞ぐ模型のやうな親子丼

ときをりの無風愛しく返り花

冬鷺やひかがみは傷つきやすく

さざなみは船に届かずカーディガン

夜となればまぶしき駅よポインセチア

読み終へて本に厚さや十二月

雨が雪に変はらぬうちを日記買ふ

醒井　四句

雪時雨駅名に目の醒めてきて

川音を褒めるほかなし霰餅

悴むや醬油の色のうすあかり

線で描くあはうみあはし寒造

沸き立つてこその鍋焼饂飩かな

五章　塔の全貌

白梅や水脈はかがやきつつ途絶え

森は陽をまづしく宿し鳥の恋

雛市の雛は持たざる空のあを

花の名を交番に問ふ万愚節

春日傘骨より老いのはじまりぬ

星捜すやうに黙して潮干狩

豆の花はつかに雨の色を盗り

いきいきと影のととのふ茶摘かな

死してなほ綺麗なかたち熱帯魚

鳥声を薄暑の川へ展げたる

火を灯すごとくに田植はじまりぬ

時鳥まぶしき雨を葉は抱へ

蛇死して眼のいつまでもみづみづし

あをぞらをくづして長し捕虫網

輪郭のぼやけてきたる氷菓かな

握りかへすための手であり青田風

鬼灯や雨の匂ひの窓に触れ

頻波は貝を連れ去る休暇明

秋風鈴海より万の照りかへし
桔梗や服は襟から老いてゆき

あきらかに白磁の色よ蕎麦の花

虫籠を湖の暗さの物置より

椋鳥や空は見事な余白持ち

前屈がすこし苦しき茸狩

綿繰の上手な人はやさしき人
宿なべて衰へてをり櫟の実

刃毀れや失ひやすき梨のみづ
煮びたしの紺美しき夜食かな

小夜時雨港より船剝がれゆく

綿虫や先生の掌はやさしくて

自転車に胴体のある夕焚火

ひところに夜の満ちてくる酉の市

外套や夜空はうつむかぬために

灯を点けて塔の全貌夜鳴蕎麦

紙漉　二句

冬空へ紙のひかりを干しにけり

さつき花に触れたる指が紙を漉く

消しごむはどんどん痩せて冬休

年守るや猫の微熱を抱き寄せて

あかときの湖は墨色紙衾

足裏のどんどん冷えて金屛風

冬蜂や郵便受けのうすぼこり

天井の迫つてきたる避寒宿

奪ひ合ふためのストーブ点けにけり

六章　こゑ満ちて

あはうみに遮るものなく日永

陽炎より特急鈍く来たりけり

いちまいの湖へ帰雁のこゑ満ちて

卒業や風は齢を持たずして

春愁を乗せはるかなる紙吹雪

蒲公英にまみれてゐたる消火栓

とつぷりと苗札の字の暮れにけり

食べられて栄螺にそれぞれの虚ろ

酢醬油にやさしき甘さ花疲れ

くびすぢに花びらのある花見かな

ちりぎはをゆるくまはれる春の風
生きるにはふるさとを欲り夏蜜柑

空に緋といふ色なくて牡丹園

草笛や世界に海の名のそれぞれ

橋は木の匂ひを放ち梅雨晴間

女滝より風したたかに生まれけり

注ぐときの波音に似るソーダ水

溺れるにほどよき狭さ水中花

メロン食ふたちまち湖を作りつつ

先生はどんどん進み道灼けて

美しき高さありけり合歓の花

小説のもうすぐ終はるハンモック

蛾の焼ける音をしるべに夜の公園

みづうみを傷つけてゆくカヌーかな

長椅子へ色鳥が来るバスが来る

朝顔や束ねて昏き新聞紙

烏賊干してただあり余る烏賊の足

眠くなる素秋の川を聴けばなほ

川風をまつたり使ふ秋の蝶

蟷螂のまつすぐ立てる花のうへ

鹿威だんだん忙しくなりぬ

野分晴落ちきつて滝濁りけり

実柘榴や触れればくづれさうな家

傘は雨をわづかに許し草の花

秋の蚊の雨後はとりわけ血に飢ゑて
おほかたの橋錆びてゐる紅葉狩

鶏頭や町暮れてより塔暮るる

梅擬こんなところに家が建つ

水涸れて流木支へ合つてをり

橋在りし日の油絵や冬ぬくし

長き刃をいよいよ受くる鮪かな

ワインにも紅白のある小正月

風邪声の子が深爪を見せにくる

マフラーを淋しき首へ巻いてやる

日脚伸ぶ船をまるまる塗りなほし

悴むや本は開けば古書となり

最上川

冬ざれの川いつぱいに舟唄が

二七二句

跋

鈴木総史君との出逢いは、平成28年の秋に遡る。山形県村山市で行われたNHK「俳句王国がゆく」のロケに、出演者として参加したときのことだ。東京から参加したもう一人の出演者がたまたま総史君だったのである。総史君は、その頃すでに「群青」の一員だったので顔見知りではあったが、じっくり話したことはなかった。地元の出演者やタレントさんたちと最上川の川下りをしたり、名物の板そばをいただいたりして吟行した後、皆で夕食。その後、二人でもう一杯飲もうということになった。酒が入ってますます饒舌になった二十歳の青年と私は意気投合、翌日が収録だというのに日付が変わるころまで大いに盛り上がったのを鮮明に覚えている。

冬ざれの川いつぱいに舟唄が

逆編年体の本句集の最後に置かれたこの句は、このときの吟行で詠まれたものであろう。それまで必ずしも俳句に本腰ではなかった総史君が、俳人への道を歩み出すきっかけになったのは、村山での私との出逢いではなかったかと、勝手に思っている。

こうして本格的に俳句に取り組み始めた総史君、その歩みは概ね順調であったと言えるが、本人はそう思っていなかったかもしれない。当時の「群青」にはすでに安里琉太（令和2年度に俳人協会新人賞を受賞）や、小山玄紀（平成30年に星野立子新人賞を受賞）がいて、彼らの歩みに比べると総史君は一歩出遅れている感があった。さらに総史君を脅かしたのは、三つ年下の岩田奎（令和2年に角川俳句賞を受賞）や板倉ヶンタ（令和2年に星野立子新人賞を受賞）の世代である。同世代の若者達が次々と賞をとってゆく中で、総史君に焦りがなかったと言えば嘘になるだろう。それでも、総史君は持ち前の明るさと根性でこの時期を乗り越えた。

　生きるにはふるさとを欲り夏蜜柑
　悴むや本は開けば古書となり

いずれも学生時代の作品である。一句目は、祖父母の住む愛媛を詠んだ句であろう。東京に生まれ育った人間には、ある種の〈ふるさと願望〉があるものだ。その渇いた気持ちに、「夏蜜柑」の瑞々しさと明るさが潤いを与えてくれている。二句目、新刊の一冊も開いた瞬間に「古書」になると言う。その如何ともしがたい喪失感。それでも作者は、悴んだ指で最初の一ページを開こうとしているのだ。これらの句に見られる上質の叙情には、鈴木総史という俳人の確かな萌芽を感じ取ることができる。

総史君は大学生時代、「群青」の企画部長として数々の吟行や合宿のマネージメントに尽力してくれた。彼とともに出かけた数々の吟行は、私にとっても忘れられない思い出になっている。

美しき高さありけり合歓の花
あきらかに白磁の色よ蕎麦の花
さざなみは船に届かずヵーディガン

一句目・二句目は、ともに吟行で見た植物の一物句である。「合歓の花」の咲く位置を「美しき高さ」と言い切り、「蕎麦の花」の白さを「白磁の色」と言い切る。その潔さが心地よい。三句目は、初冬の三浦半島での一句であった。この日、総史君は体調を崩していて、句だけを残して早退したのであった。船に届くことすらできないささやかな波は、自分自身のもどかしさの投影だったのかもしれない。しかし、「カーディガン」という暖かい衣服の季語を取り合わせたことが、そのもどかしさに救いを与えてくれたように思われる。これらの句を振り返って見てみると、学生時代の総史君は賞にこそ恵まれなかったが、確かな実力を養っていたのだと、あらためて思う。

その総史君に転機が訪れたのは令和元年、大手製薬会社に就職して、北海道の旭川に赴任したことである。正直言うと、私は少し心配していた。地方へ赴任したことをきっかけに俳句から遠ざかってしまう若者を、何人も見てきたからである。だが、それは全くの杞憂であった。総史君はむしろ旭川への移住を自身のチャンスに変えたのである。

そもそも、北海道は「群青」のもう一人の代表・櫂未知子氏の故郷であり、櫂さんは年に何回か札幌で超結社の句会を行っている。総史君は、そこで櫂代表とのつながりを維持することができた。また、旭川を本拠地とする俳誌「雪華」に入会、その句会に出席して句作を続けることとなった。「雪華」の主宰である橋本喜夫氏は「銀化」の同人でもあり、私や櫂さんとは「銀化」でともに句座を囲んだ仲であった。橋本さんにかわいがってもらうことで、総史君はますます力を付けていったのである。

さらに、北海道の雄大な自然や冬の厳しい風土に出会ったことが、総史君の句作に大きな力を与えてくれたように思う。

手袋の取りおとしたる切符かな

ワイパーの拭ひきれない霜の花

北国に住んでこそわかる生活実感が、いきいきと詠まれている句だ。華やかな措辞に逃れず、無骨だが確かな手触りが感じられる。

私も、櫂未知子さんや「群青」の仲間達とたびたび北海道を訪れている。流氷を見にオホーツクまで行ったときには、総史君も旭川からバスを乗り継いで網走まで駆けつけてくれた。

老ゆるとふ美しさあり尾白鷲

近景の白盗みあふ鵠かな

いずれもオホーツクで出会った動物の句だ。「尾白鷲」は、冬のオホーツクへ行けば、高い確率で出会うことができる鳥である。文字通り、尾が白いのが特徴だが、実は幼鳥は全体的に褐色で白い部分が少ないのだと言う。年齢を重ねることで白さを増し、気高さを湛えてゆく生き物への賛美が感じられる一句だ。二句目、網走湖周辺の白鳥を詠んだものであろう。この時期の網走湖は完全に結氷している。その白一色の世界にあって、これまた真っ白な鵠が何羽か動いている。白い鳥が「近景の白」を盗み合っているという把握がユニークで、見逃せない一句である。

さらに、総史君は旭川で生涯の伴侶と出会い、めでたく結婚した。次の句は、結婚前の一場面であろうか。

会ふために夜露の自転車をまたぐ

夜露に濡れたサドルを拭って、恋人に会いにゆく心の逸りが瑞々しく感じられる。そして今や、総史君は一児の父親となった。本句集には、子育ての句は見られないが、これは第二句集への楽しみとして取っておくことにしよう。

さて、学生時代は賞に恵まれなかった総史君だが、旭川での数年間を経て、令和4年に北海道新聞俳句賞を受賞、さらに翌令和5年には待望の星野立子新人賞を受賞した。同世代の若者に先を越される中で、諦めずに俳句を作り続けた努力がようやく実を結んだのである。そしてこの度、第一句集『氷湖いま』を世に問うこととなった。

氷湖いま雪のさざなみ立ちにけり

この句集の冒頭に置かれた一句であり、表題句でもある。この句も、おそらくは網走湖かサロマ湖か、完全に結氷した真冬の湖を詠んだものであろう。氷湖の上にはうっすらと雪が降り積もり、それが寒風に煽られてかすかに波立っているのである。誠に寒々しい風景ではあるが、この句を冒頭に置いた総史君の心意気を、私は買いたい。自身を受け入れてくれた北海道の自然を、華やかな措辞を弄することなく、ありのままに描き切った骨太の力強さが、この句にはある。

鈴木総史は、普段から人懐っこくて気の置けない男である。酒を飲めば、よく喋りよく笑い、こちらのグラスが空いていればすぐに注いでくれるかわいい男なのである。その総史君が、北海道の自然に鍛えられ、俳人として一段と逞しく成長したことを、私は心から嬉しく思っている。総史君、第一句集おめでとう！　そして、北海道よ、本当にありがとう！

令和五年十月　旭川の初雪のニュースを聞く夜に

佐藤郁良

あとがき

私にとっての俳句人生の転機は、北海道へ移り住んだことだ。北海道に来てから、心にゆとりを持って俳句に取り組むことができるようになり、成長に繋がったと思う。これは、北海道という地のある種の包容力なのかもしれない。そんな北海道への感謝と敬意をすこしでも示したいと思い、句集名は〈氷湖いま雪のさざなみ立ちにけり〉より「氷湖いま」とした。

北海道に来て驚いたことがいくつかある。一つ目は、自然の厳しさである。一年のうち、四か月ほどは雪に閉ざされる。寒く厳しい世界にやって来たのだと実感した。二つ目は、冬の景色の美しさである。雪にはさまざまな貌があり、木々や湖は姿を変える。そんな北海道の冬は大変豊かで、まぶしく輝いていると感じた。これらは、ずっと東京に住んでいた私にとって大きな衝撃であった。本句集で、そういった明るさを詠んだ句が多い理由は、そこにある。また今回、北海道での最新の句から、東京での学生時代の句へと戻っていく、逆編年体で句を並べさせてもらった。そんなところも楽しんでいただけたら幸いである。

私には感謝を伝えたい人がたくさんいます。長くなりますが、この場を借りて伝えたいと思います。

まず、栞を書いてくださった「雪華」の主宰である橋本喜夫先生、そして「雪華」の句友の皆様。東京から来た生意気な若者を受け入れてくださり、心より感謝申し上げます。

また、「群青」の句友の皆様に感謝申し上げます。特に句稿整理にご協力いただいた田中冬生さん、安里琉太さん。学生時代、冬生さんが心の支えでした。琉太さんは大切な兄貴分として、これからもお世話になります。

そして、素敵な跋文をくださった佐藤郁良先生。テレビ収録で一緒に行った山形県村山市、それが私の原点です。先生に俳句の基礎をご指導いただいたおかげで、今の自分があると考えております。心より感謝申し上げます。これからもご指導よろしくお願い申し上げます。

最後に、愛情たっぷりの序文をくださった櫂未知子先生。先生の故郷である北海道に辿り着いたのも何かの縁かもしれません。この地で俳句を続けることができたのは、未知子先生のおかげです。諦めずに、育てていただき、本当にありがとうございました。蝦夷句会をはじめ、先生と北海道で会えることが私の大きな楽しみになっております。少しずつ恩返しをできればと思っております。

俳句を始めた頃は、句集を出すことになるとは思っておりませんでした。あとがきを書きながら、改めて、多くの人に支えられて俳句に取り組んできたことに気付かされました。その感謝の気持ちを今後も忘れることなく、俳句に精進していきたいと思います。

令和五年十二月

鈴木総史

著者略歴

鈴木総史（すずき・そうし）

平成８年　東京都生まれ
平成26年　俳句甲子園をきっかけに作句を開始
平成27年　「群青」入会
令和３年　「雪華」入会
令和４年　第37回北海道新聞俳句賞本賞
令和５年　第11回星野立子新人賞

「群青」同人、「雪華」同人、俳人協会会員

句集　氷湖いま　ひょうこいま

二〇二四年三月三日　初版発行

著　者——鈴木総史

発行人——山岡喜美子

発行所——ふらんす堂

〒182-0002　東京都調布市仙川町一—一五—三八—二F

電　話——〇三（三三二六）九〇六一　FAX〇三（三三二六）六九一九

ホームページ　https://furansudo.com/　E-mail　info@furansudo.com

振　替——〇〇一七〇—一—一八四一七三

装　幀——和　兎

印刷所——日本ハイコム㈱

製本所——㈱渋谷文泉閣

定　価——本体二五〇〇円＋税

ISBN978-4-7814-1623-6　C0092　￥2500E